Adaptation française de Monique SOUCHON

Première édition française 1987 par Librairie Gründ, Paris
© 1987 Librairie Gründ pour l'adaptation française
ISBN : 2-7000-4312-X
Dépôt légal : septembre 1987
Photocomposition : Compogram, Paris
Imprimé par L.E.G.O., Vicenza, Italie
Edition originale 1987 par Walker Books Ltd, Londres,
sous le titre « The King's toothache »
© 1987 Colin West pour le texte
© 1987 Anne Dalton pour les illustrations

Loi n° 49-956 du 16 juillet 1949 sur les publications destinées à la jeunesse.

LA RAGE DE DENTS

TEXTE DE
Colin West

ILLUSTRATIONS
d'Anne Dalton

DROLALIRE

GRÜND

Au château des Chandelles,

Le roi, c'est bien cruel,

A mal à une dent.

Dieu ! Comme c'est navrant !

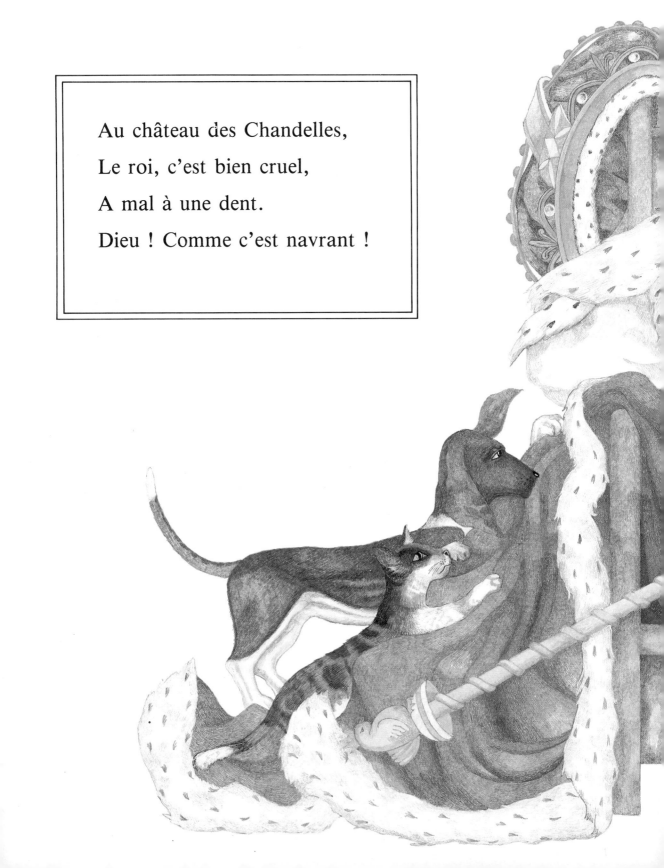

« Va chercher le dentiste »,
Dit-il à sa servante,
« La douleur m'épouvante
Et je me sens tout triste. »

Au grand galop, Marie
S'en va vers Étretat.
Elle ne traîne pas.
Le roi sera guéri.

Au village, Marie
Regarde en haut, en bas,
Et là, et puis ici.
Elle ne trouve pas.

Alors, Marie s'arrête
Et se gratte la tête,
Puis décide d'aller
Chercher le pâtissier.

Au château des Chandelles,
La douleur est réelle.
Le pâtissier apporte
Gâteaux de toute sorte.

Le roi les mange bien,
Mais ils n'arrangent rien :
C'est au ventre à présent
Que la douleur s'étend.

« Il faut le médecin
Qui est au bourg voisin »,
Dit-il à sa servante.
« La douleur m'épouvante. »

Au grand galop, Marie
S'en va vers Étretat.
Elle ne traîne pas.
Le roi sera guéri.

Au village, Marie
Regarde en haut, en bas,
Et là, et puis ici.
Elle ne trouve pas.

Alors, Marie s'arrête
Et se gratte la tête
Et décide sur l'heure
D'en parler au crieur.

Au château des Chandelles,

Pour apporter son aide,

Le crieur pousse un hurlement

A rendre sourd absolument.

Pourtant, le roi n'est pas guéri.

Il va se mettre au lit,

Car maintenant sa tête

Résonne comme une trompette.

« Il faut le chirurgien
Qui est au bourg voisin »,
Dit-il à sa servante.
« La douleur m'épouvante. »

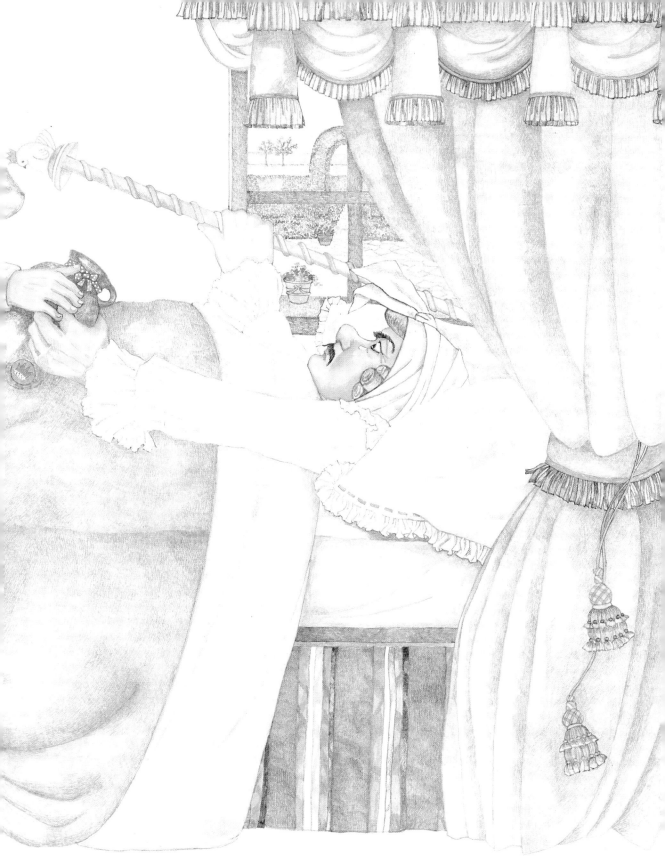

Au grand galop, Marie
S'en va vers Étretat.
Elle ne traîne pas.
Le roi sera guéri.

Au village, Marie
Regarde en haut, en bas,
Et là, et puis ici.
Elle ne trouve pas.

Alors, Marie s'arrête
Et se gratte la tête,
Puis se décide enfin
A parler au marin.

Au château des Chandelles,

Le marin dit : « C'est grave ! »

Il prend une ficelle.

Le roi doit être brave.

Il attache la dent,

L'arrache maintenant.

Enfin, le roi ressent

Un grand soulagement.

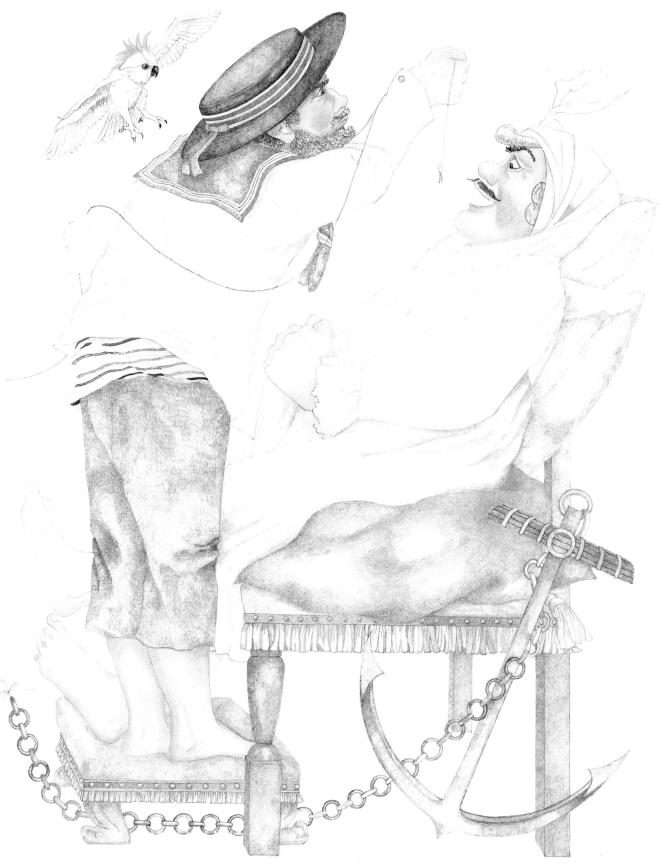

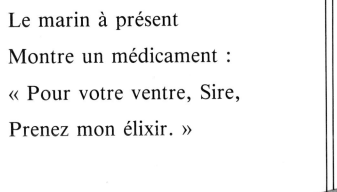

Le marin à présent
Montre un médicament :
« Pour votre ventre, Sire,
Prenez mon élixir. »

Alors, le roi s'élance.

Il chante et même il danse.

Il est vraiment guéri.

De nouveau, il sourit.

Il n'a plus de souci

Et, plus du tout malade,

Il danse et il gambade,

Et puis, il chante aussi :

« Grand merci au marin,

Individu malin.

C'est un bon médecin,

Et même un chirurgien ! »